泣ける川柳

太田垣柳月　編著

開文社出版

まえがき

本書の目的は次の三点である。

まず、川柳といえば、世間ではおかしいことを扱うという相場があるが、「サラリーマン川柳」のような言葉遊びによる笑いは川柳の本流ではない。

川柳は人生や人情や社会等を扱い、人間の喜怒哀楽を表現するものである。そこで、本書では、わざと笑いとは対極にある「涙」を取り上げようとするものである。

五・七・五でよむ
悲しみをよむ
さびしさをよむ
母の声をよむ

友だちの姿をよむ
待ちどおしいおやつをよむ
はらぺこをよむ
ふくれるしもやけをよむ
風にひりつくあかぎれをよむ
ありのままをよむ
五・七・五でよむ

人の心の中には糸がある
何かにふれると
美しく鳴りひびく糸がある
五・七・五とならべたことばが
この糸にふれると
待ってましたとばかり鳴りひびく
鳴りひびく

わたしたち日本人の心の糸は
五・七・五にすこぶる敏感
ただちに大きくうなずき
たちまち高くなりひびき
それが拍手となってあらわれる

五・七・五
五・七・五
川柳は俳句とともに
世界で一番短い詩の形
どこの国にもない詩の形
わたしたちだけが
すぐにとびこめる詩の形
わたしたちは
これを大切に持ち続けよう

五・七・五でよむ
やりきれなさをよむ
けんかしたあとの
あじけなさをよむ
遠いお使いをよむ
春を待つ芽をよむ
蜂の子のうまさをよむ
ものすごい足のしびれをよむ
つづけてとび出す
しゃっくりをよむ
五・七・五でよむ

とサトウハチロー（『明日は君たちのもの』も歌っている。

次の目的は、当節世間は情が薄れ、お金中心主義になってしまい、何となくギスギスした感じがするので、その中に潤いを持ち込みたいと思うことである。思いやりや同情心がもっと世間に溢れたらいいいと思う。

三番目の目的は、カタルシス効果である。自分が乾いた心になってしまったと思っていても、本書の川柳を読んで、感動したり、人の苦境や惨状に同情し涙することができることで、心が洗われることであろう。どうぞ、遠慮せず泣いてください。

取り上げた川柳は、少し古い年代のものが多くなった。現代は豊かで便利になったせいか、泣ける川柳を探すのが難しくなってきた、そこで、少し時代をさかのぼった。現代からすると少し古くなったものが多いかもしれないが、当時の気持ちになって一緒に泣いてもらえればと思う。もちろん最近の川柳も取り上げている。

簡単な鑑賞・解説を付したが、あるいは私の勘違いがあるかもしれない。出典を示しておいたので、関心のある人は更に研究をしていただければ幸いである。

ここでは、『番傘川柳一万句集』、『新番傘川柳一万句集』及び月刊句誌『番傘』より筆者が選んだ句を紹介する。

泣ける川柳

（一）　別れたは今夜のような星の数　　鳥語

（『番傘川柳一万句集』（以下一万句集）3頁）

恋人なのか連れ合いなのか、かつて別れたのは夜のことであった。今夜のような星の夜はそのことを思い出す。

（二）　おさなき日涙で星が倍になり　　三窓

（『一万句集』3頁）

叱られて見上げた空に星がでていた。うるんだ目に星の数が倍になって見えた。無垢な時代の自分が懐かしい。

（三）星空へ死んだあなたのバカという　幸月

（『一万句集』　3頁）

人に弱みは見せたくないからメソメソしないけど、夜ひとりになると、空に輝く星に涙の愚痴を投げかける。

（四）清貧に座敷の壁をつたう雨　文義

（『一万句集』　5頁）

「清貧」とは美しい響きであるが、実際は雨が降ると壁に雨が入ってくるという暮らしである。天井から雨漏りもしてくる。トホホ。

（五）　五十五の誕生日から失業者　　不可止

（『一万句集』　２７頁）

定年退職をみんな「おめでとう」と言ってくれるけど、ローンは残っているし、子供もまだ高校、大学に通っている。今日から失業者かと思うと、泣けてくる。

（六）　学童の弔辞となってもらい泣き　　秋無草

（『一万句集』　３４頁）

病気か事故か、まだ小学校の児童なのに夭折した子の葬儀である。同級生の代表がお別れの言葉を述べる。参列の大人たちの目が潤む。

（七）子の夜具へ荷札をつけて淋しい日　　芙美女

（『一万句集』３８頁）

家を出てゆく子に夜具を送る準備をしている。これまで手元において愛情を注いで育ててきたが、遂に手の届かない所に行ってしまう。

（八）寝る者は起こさず夜学の講義すむ　　はるを

（『一万句集』４１頁）

昼間一所懸命働いて夜間の学校に来ている生徒たち。その疲れから授業中眠ってしまう子もいる。彼らの苦労を思うと、起こして叱ることができない。

（九）通知簿のよさに家計の苦を忘れ　　抱夢

（『一万句集』４３頁）

生活は苦しいけど、子供たちは熱心に勉強していい成績をとってくる。この子たちのために苦しさに負けてはならないと思う。

（一〇）貧乏が美しすぎる綴り方　　凡太

（『一万句集』４３頁）

綴り方の上なら、正しいことばかりして貧乏しているのは美しく見えるであろう。しかし、現実の生活となると厳しいことが多く、綺麗事ではすまない。

（一一）　手をあげぬ子を先生の目がさがし

東照

（『一万句集』　46頁）

新米教師は手をあげる子に注目するであろうが、経験を積んだ教師は逆に手をあげない子に注目する。生徒全員に目配りするのである。

（一二）　子に職は継がさぬ無理をする学資

村雲

（『一万句集』　46頁）

一所懸命働いてもあまり収入のない職業なのであろう。子供には継がせたくない。さいわい子供は優秀である。学費だけはなんとしてもと頑張る父である。

（一三）　泣いて見た映画新聞では愚作　　星

（『一万句集』　８５頁）

悲恋ものか母ものか。お涙ちょうだいの映画に泣いて映画館を出た。随分感動して見たのに、プロの批評家によると愚作だという。

（一四）　競輪で一度儲けたふしあわせ　　唐衣

（『一万句集』　１０８頁）

一度味をしめたからいけない。負けても負けても、今度こそはという気になる。こんなことなら、最初に負けておけばよかった。

（一五）　ままごとへ貧しい親の癖が出る　　句一路

（『一万句集』　１１４頁）

無邪気な子供たちのままごとにふだんの親の癖がでる。それがいかにも貧乏たらしいというのである。トホホ。

（一六）　誰とでも仲良しごっこして寂し　　淳子

（『番傘２０００・８』　６頁）

外見は誰とでも親しそうにしているが、実は真に信頼できる友はいない。心の孤独を詠んでしんみりさせる句である。

（一七）嫁がせたあとをポツンとコップ酒　俊作

（『一万句集』138頁）

華やかな結婚式が終わり、主役たちは新婚旅行にたった。自宅に戻り、ひとりコップ酒を飲む淋しい父の姿である。

（一八）よい妻になれよ嫁く子に母がなし　冬二

（『一万句集』139頁）

男手ひとつで育てた娘が嫁にゆく。「よい妻になれよ」と、亡き妻の分も含めて娘に言い聞かす。

（一九）離婚して実家のくらい台所　　砂人

（『一万句集』１４１頁）

「くらい」のは戻ってきた娘の気持ちであろう。不運な境遇を思い、これからどうなるのかと、暗澹たる気持ちになる。

（二〇）言えという希望を言って叱られる　　陽

（『一万句集』１４３頁）

ひとりで考え気分を紛らわそうとしているのに、親は「どうしたんだ、わけを話しなさい」などとうるさい。しかたがないので、事情を説明すると、「それはお前がわるい」とくる。

（二一）　エエどうせわたしはバカと二十年　　白鬼

（『一万句集』１４４頁）

亭主関白に仕える妻である。今ではもう弁解する意欲も失せて、諦めの心境になってきた。家庭平和のためである。

（二二）　香煙の届かぬ部屋へ泣きにくる　　矢人

（『一万句集』１４５頁）

通夜か葬式の一コマである。人前では気丈にふるまい、涙は見せられぬ。泣くときは誰もいない部屋まで行かねばならない。

（二三）　広い空どこかに母がいてる孤児　　久子

（『一万句集』145頁）

悲しい境遇である。自分を捨てたことに怒りを感じるが、やはり母に会いたいのである。この広い空のどこかに母がいる。

（二四）　幸福を祈ると書いて悲しい日　　渓渓

（『一万句集』145頁）

別れたくないけど別れなければならない。あとできることは相手の幸せを祈ることしかない。辛い決心である。

（二五）　言い勝ってなぜかさびしい毛糸針

芙美子

（『一万句集』　145頁）

言い争って勝った後毛糸編みをしている情景である。でも、何となく嬉しくないのである。相手の優しさに気付いたのか。

（二六）　留守家族うれしい方の声で泣き

沙英子

（『一万句集』　147頁）

海外で働いている夫（父）が事故か紛争に巻き込まれ、しばし家族は悲嘆にくれる。しかし、その後彼は無事だったことが判明する。人間嬉しいときも泣けるものである。

（二七）　負けぶりが立派だったと言ってくれ

トン坊
（『一万句集』　148頁）

負けたことにかわりはなく、残念でしかたがない。でも、卑怯な戦法は使わなかった。それがせめてもの誇りである。日本には敗戦の美学もある。

（二八）　あやまりに行く子の髪をといてやる

千代子
（『一万句集』　154頁）

誰だって謝りになど行きたくはない。しかし、我が子は勇気をだして、謝りに行くという。母はその子の勇気を褒め髪をといてやる。

(二九) 本当の愛を知らない口答え　清幸

(『一万句集』155頁)

親や上司は時として愛の鞭を使う。しかし、その意味が理解できない子供や若者は、それを恨んだりする。年寄りには恨まれる覚悟がいる。

(三〇) いい薬だと失敗へむごいこと　伸太郎

(『一万句集』155頁)

失敗した者に「いい薬だ」と言うと、むごいようであるが、人間失敗から学ぶのである。将来のための肥やしなのである。

（三一）　年寄りが好きとはうそと知りながら　　白芽

（『一万句集』　156頁）

年寄りを相手にする仕事で頑張っている若者の口癖であろうか。「そんなはずはない、無理をしている」とは思うが、問い詰めないでおこう。

（三二）　信じたい人が悲しいうそをつき　　令子

（『一万句集』　156頁）

嘘なんか言うはずがないと信頼していた人の口から嘘を聞いてしまう。「悲しい」のはそのときの自分の気持ちであろう。

（三三）ひびの手で妻のさしだす入院費　　よしを

（『一万句集』164頁）

病気の夫を必死で支える妻が、水仕事で手にひびを作っている。そうやって稼いだお金を夫の入院費としてさしだしている。

（三四）進学をあきらめた子へ父無口　　修

（『一万句集』168頁）

よくできる子だが家計の苦しさを知っていて、進学を諦めるという。己の不甲斐なさに父は黙り込む。

（三五）　老いて子に従う父になって病み

村雲

（『一万句集』170頁）

病気がちの父親は気も弱くなり、何でも子の言うとおりになってきた。昔の恐い親父に戻ってほしいと心で願う息子であった。

（三六）　母のような母になりたい針をもち

まゆみ

（『一万句集』171頁）

お腹に子供ができて、赤ちゃんの衣類を縫っている情景であろう。心の中で母を尊敬する娘は、自分も母のようになろうと誓っている。

（三七）　歓迎の母が小さいターミナル　　美子

（『一万句集』　171頁）

久しぶりの帰省である。ターミナルに母が出迎えにきてくれている。暫く見ないうちに、母は年取って小さくなってしまった。

（三八）　酒飲みはいや母ちゃんを叱るから　　敬二

（『一万句集』　171頁）

貧しい男は、酒でも飲んで、日頃のうさを妻を叱ってはらすしかない。それが子供の目から見て嫌でたまらない。

（三九）　今にしておもえば母の手内職　　水府

（『一万句集』　171頁）

息子のためにと親は立派な物を買ってくれた。父の稼ぎから買ってくれたと思っていたが、今思えばそれは無理である。

（四〇）　しつけ糸見送る母の手に残り　　浮沈子

（『一万句集』　172頁）

旅立つ子に新調の服を着せて見送る母である。しつけ糸がついたままであるのに気付き、そっと取り除いてやる。

（四一）　栄転を母うれしがり淋しがり　飛水

（『一万句集』　172頁）

子の出世を喜ぶ母であるが、結果は栄転という別れになってしまう。嬉しさと淋しさが入り交じる。

（四二）　母上は針の穴から老い給い　土筆

（『一万句集』　172頁）

縫い物をする母は、若いころは苦もなく針の穴に糸を通していた。年取ってくると、それに苦労するようになり、最近は人に頼むようになった。

（四三）　子の肌着片親などと言わすまい　　煙司

（『一万句集』　174頁）

父子家庭か母子家庭か。「片親のせいだから」と言われるのがいやで、特に子供の肌着はいつもきれいなものを着せている。

（四四）　曲がるまで母は箒を持ったまま　　勝人

（『一万句集』　174頁）

子供がまた家を去ってゆく。その後ろ姿が角を曲がって見えなくなるまで、母は立ちつくすのである。

（四五）　謄本を見た日以来の子の無口　　京糸

（『一万句集』　176頁）

戸籍謄本を見て、自分が実子ではないことを知ってしまう。心が乱れて、今までとは違った世界に住んでいるようだ。その子に親はなんと言おう。

（四六）　子はやらぬもう子はやらぬ子沢山　　冬二

（『一万句集』　176頁）

子沢山で生活は苦しい。里子にだす話があって、一人養子にだしたけど後悔するばかりである。もう絶対里子にはださぬ。

（四七）子の事であわてた姿恥ならず　　紫朝

（『一万句集』177頁）

親は子のことで必死である。病気はせぬか、怪我はせぬかと。万一病気にでもなれば、おたおたする。親はありがたい。

（四八）子はみんな継いでくれない職守る　　矢人

（『一万句集』178頁）

多分きつくて収入の少ない仕事なのであろう。どの子もそれを継ごうとはしない。しかし、父は自分の天職と思いそれを守る。

（四九）　片親になって兄弟喧嘩せず　　成光

（『一万句集』　179頁）

両親が揃ってなに不自由ないとき兄弟はよく喧嘩していた。しかし、父が亡くなってからは、兄弟が力を合わせるようになった。

（五〇）　家族みなささえる姉の赤い爪　　一民

（『一万句集』　180頁）

父親がいないか病気なのであろう。そして、長女以外の子はまだ幼い。家族を支えるため姉は夜の街で稼ぐしかない。

（五一）　手内職嫌で別れた人でなし　　京糸

（『一万句集』　190頁）

事情があって、別れなければならなかったけど、相手が嫌になったからではない。だから、生きてゆくための手内職も苦にならない。

（五二）　ふるさとの話になって口を閉じ　　左久良

（『一万句集』　194頁）

古里をでるときの事情がよほど苦しいものだったのだろうか。普通古里の話になると皆おしゃべりになるものであるが。

（五三）落ちぶれた人にも誰か待つ故郷　紘一郎

（『一万句集』194頁）

帰巣本能であろうか。古里には独特の魅力がある。誰かが待っていてくれているからかもしれない。錦など飾ることはない。

（五四）許すとは言わずふるさとからの餅　清幸

（『一万句集』194頁）

駆け落ちをしたのであろうか。それとも、親の反対を押し切って他県の大学に進学したのであろうか。あれから幾星霜。許しはまだ貰っていないが、正月の餅が届く。

（五五）　ともる灯に悲しくなってきた家出　　良信

（『一万句集』　198頁）

腹が立って家出を決行したのであるが、夕刻になって家々に灯がともるのを見ると、だんだん悲しくなってきた。幼い日の懐かしい思い出。

（五六）　二次会を抜けて帰れば妻は留守　　灯村

（『一万句集』　201頁）

いつも妻を待たせている弱みがあるので、たまには二次会を抜けて帰宅することにする。すると、そんなときにかぎり妻も外出している。

（五七）　第三者なにも死ななくてもという
竹夫
（『一万句集』　２１５頁）

ひとごとは気楽なものである。当事者の苦労など分かっていないものだから、無責任な放言などする。

（五八）　この子さへあればと思う天花粉
京糸
（『一万句集』　２１８頁）

風呂あがりの赤ちゃんに天花粉を塗る若い母親の喜びである。みんなこうして育てて貰ったのである。

（五九）　捨てる子に吐くほど乳をのませとき

句沙弥

（『一万句集』　２１８頁）

捨てられる子は不憫であるが、我が子を捨てざるをえない母親も哀れである。せめて最後に腹一杯乳をのませたい。

（六〇）　食い逃げの子連れの母は食べていず

淡波

（『一万句集』　２１９頁）

食い逃げをした母子を捕まえてみれば、母親の方は全然食べていなかったというのである。子を思う母の情が哀しい。

（六一）愛されてとまどう親のない子供　勇三

（『一万句集』221頁）

愛されたことがない孤児の悲しさである。新しい境遇になって人から愛され、そのことに戸惑っている。

（六二）子は当てにならぬを少し知る五十　吾柳

（『一万句集』224頁）

小さいときは子供も可愛かった。しかし、成長してくると、親の思うようにはいかなくなる。口答えばかりして、将来も当てにできそうにない。

（六三）　早くても遅れてきても年にされ　　ふたよ

（『一万句集』２２４頁）

どっちみち年のせいにされる。年は取りたくないものである。と言っても、生きていれば皆年を取る。

（六四）　頰打った男の方が泣きたい日　　方夫

（『一万句集』２２６頁）

腹の立つことを言った女を思わずぶってしまった。泣き出したのは女の方であるが、泣きたいのは男の方だというのである。

（六五）　泣く奴があるかと男の声が落ち　唐衣

（『一万句集』　226頁）

少しきついことを言ったら、相手が泣き出してしまった。別に泣かすつもりはなかったので、男は少し戸惑っている。

（六六）　あんた男でしょうと女にみくびられ　舞吉

（『一万句集』　226頁）

気の強い女である。優柔不断な性格と見たか、こちらに責任を押しつけてくる。男ならなんとかせねばならぬ。

（六七）　扇風機もおんなも首を横にふり

爪人

（『一万句集』　229頁）

女の首は扇風機みたいである。何かというとすぐ横に振る。たまには縦に振ったらどうだ。

（六八）　言い勝って女やっぱり泣いている

微笑

（『一万句集』　231頁）

言い合いに勝ったんだから、もういいじゃあないか。これじゃあ、折角譲ってやったのがなんにもならない。

（六九）薄情な女が今日も美しい　まさみ

（『一万句集』２３２頁）

美人が情け深いとは限らない。実は、その反対の方が多い。それなのに男は美人に弱いときている。

（七〇）新しい苦労をさがす苦労性　春吉

（『一万句集』２３７頁）

拙句に「心配をするため生きる母である」というのがあるが、苦労性の人は自ら苦労を探しているように見える。

（七一）　出世してみれば半生傷だらけ　　鳥語

（『一万句集』237頁）

出世すれば万事楽になりのんびりできるかというと、実はその逆で、なかなか大変である。生傷が絶えないのである。

（七二）　出世する筈で出た子の戻る汽車　　しげ子

（『一万句集』237頁）

古里を出た子が、すべて志を果たして、錦を飾るとはかぎらない。志なかばにして、夢破れて帰る子もいる。古里の懐は広い。

（七三）出世した子ばかり持ってひとり住み

蘇雨子

（『一万句集』237頁）

よく聞く話である。子供たちは皆出世して都会に住んでいる。年老いた親はひとり古里に淋しく住んでいる。

（七四）まだ運はこちらを向かずコップ酒

狂雨

（『一万句集』238頁）

運が向いてきそうで、なかなかそれを掴めない。やりきれなさに、今夜もコップ酒をあおる男であった。

（七五）食いつめてから運勢をみてもらい　吟星

（『一万句集』２３８頁）

大体順風満帆の人は運勢など気にしないものである。運に恵まれない者にかぎって占いなどに頼るのである。私も先日手相を見てもらった。

（七六）スタートの誤差が一生つきまとい　良信

（『一万句集』２３９頁）

逆転した者やごぼう抜きした者は、スタートの差など気にしないものである。してみると、これは逆転できなかった者の愚痴ということになる。

（七七）　自殺した十九を真面目過ぎという　　左京

（『一万句集』　240頁）

この世で生きるとは、汚れることかもしれない。「真面目過ぎ」というより「純粋そのもの」のゆえにこの世の汚れに耐えられないのである。

（七八）　出迎えの数ある中の顔一つ　　水府

（『一万句集』　243頁）

多くの人が出迎えにきているが、彼が探しているのはたった一人の顔である。普通なら、恋人ということになろうが、水府は母親を探したのであろう。

（七九）　会えばすぐ涙となるに会いたがり　　あきら

（『一万句集』　246頁）

会って泣き合うぐらいなら会わなければいいのにと思うのであるが、やはり会いたい。涙の向こうに明日がある。

（八〇）　残念な涙二階へかけ上がり　　詩朗

（『一万句集』　247頁）

説明しても分かって貰えそうにない。その残念な気持ちに泣きながら、二階の自室にかけ上がる若者である。

（八一）　泣くまいとするに涙のあわてもの

山水

（『一万句集』　247頁）

本人はこらえているのに、涙が勝手に溢れてくる。涙ってよほどあわてものだわ、という泣き上戸の愚痴である。

（八二）　これ以上話すと涙あふれそう

愛穂

（『一万句集』　247頁）

なるべく話さないようにして悲しさをこらえているのである。これ以上話すと涙の堰がきれてしまいそう。

（八三）　甲子園の土へ落として着た涙　　梅柿

（『一万句集』247頁）

拙句に「甲子園泣く青春にまた来いよ」

（八四）　病める母抱けば枯れ木のように浮き　　蟻朗

（『一万句集』273頁）

病気の老いた母はやせて枯れ木のようになってしまった。若くて元気のよかった母を偲べば、泣けてくる。

（八五）　夕飯へ叱りすごした子を案じ　　千秋

（『一万句集』　334頁）

厳しく叱ったせいか、暗くなって夕飯の時間になっても、子供が帰ってこない。もしかして家出でもしたのかと心配になってくる。

（八六）　牛売って以来息子がだまりこみ　　白影

（『一万句集』　376頁）

息子が可愛がっていた子牛を、彼が留守の間に売ってしまった。それから息子が口をきかなくなってしまった。

（八七）ダム底になる日も知らず梅が咲き

仲男

（『一万句集』389頁）

近いうちにこの村はダムの底に沈むことになっている。咲いている梅を見ると、それが悲しくてしかたがない。

（八八）すぐに泣くわたし駅まで行きません

東照

（『一万句集』424頁）

駅に見送りに行くと大勢の中で泣くことになるので、私は駅には行きません。きっと帰ってくると約束してね。

（八九）　やけ酒を飲めと退職金をくれ　　柳芽

（『一万句集』　447頁）

会社をやめるに際して退職金がでた。しかし、その額たるや、やけ酒を飲めば無くなるほどの雀の涙であった。

（九〇）　握手するやがて冷たくなる父と　　富湖

（『新一万句集』　17頁）

医師から「まもなく臨終です」と言われている。最後に万感を込めて父と握手をする切なさ。

（九一）うっかりと乗ったら浄土行きのバス　富湖

（『新一万句集』31頁）

この句は、才能を惜しまれつつ五十才の若さで亡くなった川柳作家によるものである。それを知ると、彼女は既に死期を悟っていたのかと胸に迫るものがある。

（九二）島流しに似ている離れの老夫婦　太路

（『新一万句集』2頁）

母屋は若夫婦の家族が暮らし、老夫婦は離れで暮らすことになった。なんだか島流しみたいだな、と自嘲気味に笑う老夫婦であった。

（九三）　この字より憎い字はなしハハキトク

時彦

（『新一万句集』　4頁）

文字に罪はないが、悲しみのはけ口がないので、ハハキトクの文字に八つ当たりするしかないのである。

（九四）　母の死へ住所も知れぬ兄ひとり

幸太郎

（『新一万句集』　5頁）

たった一人の兄は家を出たまま行方が知れない。母が亡くなるときも連絡しようがない。親不孝な兄である。

（九五）　雪おろす場所はもうない天あおぐ

志秋

（『新一万句集』　１１頁）

豪雪地方に暮らす苦労に雪おろしがある。この冬はことさらで雪おろしする場所がなくなった。どうすればいいんだ、と曇り空を仰いで溜息をつく。

（九六）　ご多幸を祈られ愛はこばまれる

きよし

（『新一万句集』　１４頁）

愛の告白をして、つきあって下さいと申し込んだところ、拒絶の返事があり、最後に「ご多幸をお祈りします」と書いてあった。ご多幸なんか祈ってほしくない。

（九七）子の法事涙を拭いて老い二人

鉄花人

（『新一万句集』38頁）

この世で何が辛いといって逆縁ほど辛いものはない。老夫婦が亡き子の法事をいとなまねばならないなんて、残酷すぎる。

（九八）聞き分けて母へ手を振る保育園

清美

（『新一万句集』46頁）

お母さんと離れるのが嫌で泣き叫ぶ子が多い中で、我が子はちゃんと聞き分けて手を振ってくれる。そのけなげさに涙が溢れる。

（九九）　皿洗う男に哀がこぼれ落ち　　孝

（『新一万句集』　120頁）

好きでやっているのならまだよい。しかし、失業した男が妻を仕事に送り出し、その後で皿を洗っているのだとしたら、わびしい。

（一〇〇）　故郷の山があるから泣きにくる　　邦子

（『新一万句集』　214頁）

べつに山でなくても、川でも空でもいいのである。古里は傷ついた心をいやしてくれる所なのである。

（一〇一）　うわ言にあなたお野菜食べている　　　　隆史

（『新一万句集』164頁）

臨終の妻が単身赴任の夫の食生活を心配してくれている。残された夫の気持ちはたまらない。

（一〇二）　淋しくて亡夫のパジャマを抱いて寝る　　　　佐紀子

（『新一万句集』166頁）

夫が亡くなってひとり暮らしになった。急に淋しさがこみあげてきて、亡き夫のパジャマを抱いて寝るのであった。

（一〇三）　出稼ぎをぽろぽろ泣かすかな便り

美代子

（『新一万句集』　２０４頁）

出稼ぎに行っている父に子供からの手紙が届く。お父さんがいなくて淋しいという内容に触れて、男の涙がとまらない。

（一〇四）　東京の雪だより聞く雪害地

鯉生

（『番傘１９６３・４』　４２頁）

久しぶりに東京に雪が降り、うっすら雪景色になったというニュースを豪雪地方のテレビが流している。なに言ってるんだ、である。

（一〇五）　看病の妻も微熱をだしている

圭都

（『番傘1963・4』42頁）

風邪をひいて二、三日伏せっている。妻が献身的に看病してくれているが、彼女も微熱をだしている。さては移してしまったか。

（一〇六）　善人の記事スペースのちいさすぎ

あさ子

（『番傘1963・4』45頁）

凶悪事件はデカデカと報じられるのに、善行の記事の扱いの小ささはどうだろう。凶悪事件の方を勧めているのか。

（一〇七）　無理をしたカゼを亭主が叱りつけ　　馬奮

（『番傘1963・4』　46頁）

男は不器用だから、心でわびながら表面では怒っているふりをする。また、妻に無理をさせている自分が不甲斐ない。

（一〇八）　親の愛知らず他人の幸恨む　　しょうこ

（『番傘1974・8』　6頁）

愛された経験がないから、人を愛することを知らない。他人の幸せは恨むことしかできないのである。

（一〇九）　点になるまで見送りの母は立ち　　花澄

（『番傘1974・8』　10頁）

子を思う母の心情である。去ってゆく子が乗っているバスが点になるまで無事を祈って立ちつくす。

（一一〇）　田植えすみまた出稼ぎの朝が来る　　鐘

（『番傘1974・8』　11頁）

農繁期も田植えが済むと農作業は一段落する。するとまた家をあとに、出稼ぎに行かねばならない。

（一一一）　カンナもえて憎い赤紙おもい出す
あき子
（『番傘1974・8』　13頁）

召集された父か兄が戦死したのであろうか。カンナの赤を見ると、赤紙を思い出し震えがくる。

（一一二）　父の名はただ墓石にある暑さ
恵美子
（『番傘1974・8』　16頁）

無名のまま亡くなった父は、その名を墓石にとどめるだけである。夏がくると父の亡くなった日を思い出す。

（一一三）　美しく日記が書けて癌進む

炎志

（『番傘1974・8』18頁）

壮絶な癌との闘いなのであろう。その厳しい現実を隠して、日記は美しく書けた。切ない。

（一一四）　子の夢をかなえる親の夢捨てる

幸子

（『番傘1974・8』18頁）

子のためなら親は喜んで犠牲になる。世の中これほど美しいものがあろうか。

（一一五）　泣いている暇なんかない雑役婦　　清司

（『番傘1974・8』　21頁）

泣いていられるのは、実は恵まれている立場であるという厳しい現実を指摘する、人間のたくましさ。

（一一六）　年寄と見られ座席を譲られる　　六根

（『番傘1974・8』　23頁）

初めて席を譲られたとき、多くの人はショックを受けることだろう。嬉しいけど、淋しいという複雑な心境である。

（一一七）　すらすらと嘘つく友になり下がり

点人

（『番傘1974・8』　24頁）

お互い年を取って経験も積んできた。久しぶりに会った友がすらすら嘘を言うようになっていた。ああはなりたくない。

（一一八）　学習のおくれ気にする病いの子

十四一

（『番傘1974・8』　26頁）

病気になって欠席している子が勉強の遅れることを心配している。昔はけなげな子が多かった。

（一一九）　復職をすれば意中の人は居ず

旭彦

（『番傘1974・8』　32頁）

休職をした後、好きな人がいたので、楽しみにして職場復帰をした。ところが、戻ってみるとその人は職場を去っていなくなっていた。なんという間の悪さ。

（一二〇）　ああここの緑も消えた駐車場

勇鯉

（『番傘1974・8』　32頁）

人間の都合でどんどん自然が破壊されてゆく。ここも緑が消えて、コンクリートの駐車場になってしまった。

（一二二）　礼いうないうなと夫に看取られる

照葉

（『番傘1974・8』 32頁）

夫を看護するのが妻の務めと思っていたのに、意に反して自分の方が動けなくなってしまった。その上、看護してくれる夫は照れくさいのか、礼など言うなと言う。

（一二三）　母逝って子の目にさみし父の酒

峰泉

（『番傘1974・8』 62頁）

母が亡くなってから父が深酒をするようになった。たまらない気持ちは分かるけど、そんな父を見る子は辛い。

（一二三）　夫の不満また聞きをした淋しい日

れん子

（『番傘1974・8』　64頁）

自分に対する夫の不満をまた聞きしてしまった。直接言ってくれればいいのに、と妻として淋しい気持ちになる。

（一二四）　二十代になかった予定病んでいる

白剣

（『番傘1974・8』　64頁）

二十代は元気ばりばりでいろいろ経験や冒険をするつもりでいた。しかし、予定外の病気に苦しんでいる。

（一二五）　おりからの雨が別れをつらくさせ　　芳江

（『番傘1974・8』　64頁）

涙雨が降ってきて、別れがいっそう辛いものになってきた。別れても、私のこと忘れないでね。

（一二六）　災害のあとに非情な月が出る　　涼髪

（『番傘1974・8』　66頁）

何もなければ名月であろうが、災害の跡をこうこうと照らす月は被害者の身にとっては非情に見える。

（一二七）　北風が鳴る左遷地の冬きびし

舞吉

（『番傘1975・3』　9頁）

左遷されたのは北国であった。北風がぴゅうぴゅう吹いているのは、実は作者の心の中である。

（一二八）　子がひとり居たらと妻ももう言わず

浩三

（『番傘1975・3』　21頁）

ずっと子連れ夫婦を羨ましく思ってきたが、近頃は妻も諦めてそれを言わなくなった。夫はそのことが逆に淋しい。

（一二九）見劣りする子の捨てがたい努力

泉都

（『番傘1975・3』50頁）

能力が劣っていると自覚しているだけに、一所懸命努力する子がいる。やせ蛙負けるな、である。

（一三〇）その人の過去を承知で嫁くと言い

政子

（『番傘1975・3』50頁）

恵まれた条件の相手には嫁げないと覚悟しているのであろうか。少し欠点がある相手だが嫁ぐと言う。娘が不憫である。

（一三一）　効能書みんな私が書いてある

雛子

（『番傘2000・8』　15頁）

血圧、心臓、肩こり、頭痛などに効く温泉だそうで、そう言われればみんな自分に該当する。年取ると、赤信号まみれで生きているからだ。

（一三二）　雪やこんこん母の墓標に白く積む

京子

（『番傘1975・3』　54頁）

雪の中、亡くなって間もない母のお墓参りにきたのであろう。墓標に雪が白く積もってお母さん寒そう。

（一三三）　福耳を持ち地下街のふきだまり　　千路

（『番傘1975・7』　6頁）

折角の福耳なのに不況のせいでリストラされ、ホームレスになって地下街でわびしく暮らす羽目になってしまった。

（一三四）　生産者店の売り値に腹が立ち　　幸子

（『番傘1975・7』　7頁）

生産者がある日店に行って見ると、自分が売った値段の二倍以上で販売されている。汗水たらして生産した者より店の者の方が儲けているのか、と腹が立ってくる。

（一三五）　夏みかん墓石の上の子守唄　　　青草
（『番傘１９７５・７』　１２頁）

お墓に夏みかんが供えてある。ふと墓石を見ると子守唄が刻んである。幼いままで亡くなった子へ好物だった夏みかんを供えたのであろう。

（一三六）　クッキーを焼く感傷も子無し妻　　　鯉千之
（『番傘１９７５・７』　１６頁）

子供と一緒に焼いたら楽しいだろうなあ、おいしいおいしいと子供が食べてくれたら嬉しいのに。でも子供はいない。

（一三七）ピーナッツ淋しい口へ投げこまれ

照子

（『番傘1975・8』 9頁）

一時は賑やかな家族だったこともある。今は夫も亡くなり子供たちも独立し、ひとりぼっちになってしまった。そんなことをぼんやり思いながらピーナッツを食べている。

（一三八）父の日の父の寂しいコップ酒

雄次郎

（『番傘1975・8』 10頁）

男は不器用なものである。子供たちも妻にばかり寄ってくる。父の日といったところでなんということはない。コップ酒でも飲むだけである。

（一三九）　骨を焼くけむりのなかの恨み節

輝和（『番傘1975・8』10頁）

どうしてこんなに早く逝ってしまうのよ。幼い子供たちを残して、一体私はどうすればいいのよ。恨むわよ。

（一四〇）　妥協する気の胃袋が痛みだす

蜂呂（『番傘1975・8』10頁）

あれこれ考えてここは譲歩する気になった。しかし、信念が頭をもたげて胃をつつく。男は辛い。

（一四一）　来年は手放す腹の田を植える

佳鳴

（『番傘1975・8』　11頁）

事情があってこの田を来年は売らねばならぬ。これが最後の田植えかと思うと、胸に迫るものがある。

（一四二）　もう飼わぬことを誓うて犬埋める

大三

（『番傘1975・8』　13頁）

犬の寿命は短いので、どうしても別れがくる。可愛がった犬との別れが辛くて、もう飼わない、と思う人が多い。

（一四三）　子はみんな母を泣かせて去って行く

千枝子

（『番傘1975・8』　15頁）

生き物はそういう定めなのである。いつかは独り立ちして親の元を去る。分かっているが、母はそれが悲しい。

（一四四）　被爆夫婦子無き因果をさちとする

鯉千之

（『番傘1975・8』　19頁）

子供がいないのは寂しいことであるが、子供がいれば、原爆症が遺伝しないかと心配しなければならない。子がなくて、せめてもの幸いである。

（一四五）　母の日を母のない娘の墓にくる　　祐二

（『番傘１９７５・７』　１６頁）

男手ひとつで育てていた娘が亡くなってしまった。彼女は結局母の愛を知らぬままであった。母の日にその娘の墓参りをする父の心境。

（一四六）　雪山の雪が男を返さない　　秀史

（『番傘１９８２・２』　３頁）

山があるから山男は冬山に挑む。雪も山男を好きとみえて時々男を返さないで、家族を悲しませることがある。

（一四七）　おくれ毛がかすかに女泣いている

東白

（『番傘1982・2』　7頁）

女の後れ毛が揺れているのは風のせいのように見える。しかし、実は女のすすり泣きの悲しみに揺れているのである。

（一四八）　晩年に酒断つ余程の不仕合せ

柳二

（『番傘1982・2』　9頁）

晩年ぐらい好きな酒でも飲んでのんびり暮らしたい。それなのに、酒を断って何かを祈らねばならない身の上は、余程不幸なのであろう。

（一四九）　雪に埋もれた息子を父は許せない

毅一郎

（『番傘1982・2』10頁）

冬山登山に行き遭難した息子。なぜ危険だと分かっていて行くんだ、と父は息子に問い掛け続ける。

（一五〇）　誰もみてくれぬ長寿がいつかくる

雨人

（『番傘1982・2』11頁）

長寿国日本で高齢化がすすむ。一方で、少子化もすすむ。将来老人をみてくれる者がいなくなる。ぞっとする未来像である。

（一五一）　怖いことばかりの街が華やかで

南桑

（『番傘1982・2』11頁）

経験を積まぬうちは外見ばかりにまどわされてしまう。都会の華やかさは残酷を秘めていることに気付かず、若者は都会に憧れる。

（一五二）　その先は言わせぬ涙ふいてやる

沙英子

（『番傘1982・2』13頁）

それから先の話は大体想像できる。「もういい、もういい」と言って、娘の涙をふいてやるのであった。

（一五三）　よく笑う人に悲しい過去がある　　芳郎

（『番傘1982・2』　14頁）

一見何の苦労もなさそうな明るい人。しかし、実は彼女は過去に大変悲しい経験を積んでいるというのである。

（一五四）　再会へ女かなしい見栄を張る　　静子

（『番傘1982・2』　62頁）

久しぶりに会う友だちに同情されたくなくて、女性は嘘を言って見栄を張るというのである。「かなしい」のは、嘘を言う人の心であろう。

（一五五）胴上げの鬼へうるんだ空が見え
光楼
（『番傘1982・2』63頁）

悲願の優勝を果たし胴上げをされる監督。ふだんは厳しい鬼であるが、このときだけは鬼の目に涙ということで、空がうるんで見える。

（一五六）ユーモアのわからぬ人に叱られる
登
（『番傘1982・2』65頁）

ジョークのつもりで言っても、それをまじめに取って怒り出す人はたしかにいる。人を見て言わねばならぬ。

（一五七）　ケチじゃない大正生まれだけのこと

あづさ

（『番傘１９８２・２』　６５頁）

この句は１９８２年に発表されたもので、六十代の人は大正生まれということになる。若い世代の無駄遣いへの批判である。

（一五八）　三猿に徹したはての四面楚歌

美奈子

（『番傘１９７９・１１』　４頁）

不公平にならないように、知らぬ存ぜぬを通してきた。しかし、その結果は、どちらからも敵とみなされてしまった。

（一五九）　絵にならぬポーズ男がひとり泣く　　一舟

（『番傘1979・11』5頁）

女がひとり泣いているのは絵にもなるが、男がひとり泣いていてもサマにならない。かと言って、人前で泣くのはもっとカッコわるい。

（一六〇）　父の死後一足飛びに秋が来る　　正恵

（『番傘1979・11』5頁）

夏から秋への移り目のことであろう。しかし、この句の作者にとっては、父を失って心が冷え、急に秋がきた感じなのである。

（一六一）　ない知恵を出す鉛筆の芯が折れ　　圭林

（『番傘1979・11』6頁）

なかなかいい思案が浮かばなくて、鉛筆をもてあそんでいるうち、鉛筆の芯が折れてしまった。鉛筆にも苦労をかける。

（一六二）　俺が死んでもこうまで騒ぐまいパンダ　　祐介

（『番傘1979・11』6頁）

パンダが死んでマスコミなど大騒ぎである。俺が死んでも、こんなには騒いでくれないだろうなあ。

（一六三）　シベリアの悪夢凍らぬものは無し

呂生

（『番傘1979・11』　7頁）

強制連行され、シベリアで強制労働をさせられた体験の句である。厳寒の地で物がみな凍ってしまう悪夢である。

（一六四）　ポックリと父は大きな穴になる

九如

（『番傘1979・11』　11頁）

ポックリと父が亡くなった。そして、突然息子の心にポッカリ大きな穴ができてしまった。

（一六五）　胴上げと一緒に落ちて来た涙

蘇雨子

（『番傘1979・11』　13頁）

優勝を果たし監督の胴上げとなった。すると、監督の身体と一緒に涙も落ちてきたというのである。

（一六六）　誰もいぬ部屋に柩の妻と寝る

伽藍

（『番傘1979・11』　16頁）

明日は灰になる妻である。最後の夜を柩の中の妻と同室で寝る夫である。悲しみが伝わってくる。

（一六七）　雑兵の靴もうれつにへってゆく

梨生

（『番傘1979・11』　16頁）

足を棒にする商売であろう。上司は机に座って仕事をしていればよいが、下っ端は靴の底が破れるほど歩き回るのであった。

（一六八）　娘はいとし孫もいとしと一人住む

寿子

（『番傘1979・11』　17頁）

娘は同居しようと言ってくれるが、同居するとアラが見えてくる。愛するがゆえに、同居せず、ひとり住む。

（一六九）　父のない児によその子の肩ぐるま

五月

（『番傘１９７９・１１』　１６頁）

よその子が父に肩ぐるましてもらい楽しそうな顔をしている。父のいない我が子がそれを見て、淋しそうにしている。母として申し訳ない。

（一七〇）　正直に言えど税吏に耳がない

吟星

（『番傘１９７９・１１』　２９頁）

聞く耳を持たない税吏は、こちらがいくら正直に話しても相手にしてくれない。どうしてこういうことになったのか。

（一七一）　飼主に似てこの犬も意気地なし

信子

（『番傘1979・11』30頁）

飼い主とは自分のことである。この犬が意気地なしなのは、飼い主の自分に似ているからだ、と自嘲の苦笑いをする。

（一七二）　職安の椅子落伍者になれぬ顔

舞吉

（『番傘1979・11』32頁）

人生諦めたら終わりである。職安の椅子には、まだ諦めないぞという顔が並ぶ。その気持ちが大切である。

（一七三）　ローンまだ続き定年やってくる

利休

（『番傘1979・11』35頁）

定年はまだ先のことと思っていたけど、すぐ近くに迫ってきた。ローンは残っているし、子供も小さい。人生厳しい。

（一七四）　好きだった亡母想いだす茄子の色

布袋

（『番傘1979・11』59頁）

お母さんは「茄子」が好きだったのか、「茄子の色」が好きだったのか。私が好きだったのは「お母さん」だった。

（一七五）　母さんのいない田舎は遠ざかり

宮人

（『番傘1979・11』64頁）

子供が大きくなっても、母親は子供をつなぐ綱である。だから、母親が亡くなると、古里は遠くなる。

（一七六）　嫁ぐ日まで父さん生きて欲しかった

愛

（『番傘1979・11』66頁）

父さんっ子の娘だったのであろう。嫁ぐ日が近くなって、父に花嫁姿を見て貰いたかった、と淋しい気持ちになる。

（一七七）　発車ベル耐えた涙がせきをきり　　　　　　　　隆子

（『番傘1979・11』67頁）

ここまで何とかこらえてきたが、発車ベルが鳴るともういけない。どっと涙が溢れてくる。耐えていたのは「私」である。

（一七八）　指きりをもうだまされぬ子に育ち　　　　　　　　加枝子

（『番傘1979・11』68頁）

指切りでした約束は絶対守られるものと思っていた子も、知恵がついてきて、指切りの効果を信じないようになってきた。大人はずるい。

（一七九）保育所に泣くバイバイをして勤め

照夫

（『番傘1979・11』72頁）

幼い子を保育所に預けて働く母親の姿であろう。最初のうちは、毎朝保育所で子供に泣かれるのが辛い。

（一八〇）保険金死んだら得とすすめられ

写鳥

（『番傘1979・11』76頁）

生命保険の勧誘の言葉である。早く死ねばそれだけ得をする道理であるが、死んだら金は使えない。

（一八一）　失った妻の記憶の中の僕　　　圭林

（『番傘1979・11』　101頁）

認知症にかかった妻を看護している夫の句である。また何かの拍子に記憶を取り戻してくれることだけを願う。

（一八二）　辛抱の亀へうさぎが寝てくれず　　　信幸

（『番傘1979・11』　116頁）

昔話ならそろそろうさぎは油断して寝込んでくれる頃であるが、俺のライバルは当分寝てくれそうにない。

（一八三）　玄関までは女房なんか怖くない

一高

（『番傘1979・11』126頁）

飲んで帰ってくる亭主の心境である。玄関を入るまでの空元気は、入ってからどうなるかは分からない。

（一八四）　更年期の予告通りに腰痛む

葉

（『番傘1981・11』3頁）

これまで何ともなかったのに最近腰が痛い。そう言えば、更年期になると、腰や肩が痛くなると予告されていた。

（一八五）　肩の荷をおろすと一足飛びに老ゆ

まつ枝

（『番傘1981・11』　3頁）

肩の荷がおりたと思いホッとしたら、急に年取ったような気持ちになってしまった。荷物だって若さを保つ秘訣かもしれぬ。

（一八六）　敬老の日に老人が自殺する

御柳

（『番傘1981・11』　6頁）

あてつけで自殺したのではあるまいが、何となくわびしい。もっとお年寄りを大切にする社会にできないものか。

（一八七）　つながれた犬に自分の顔を見た

省一

（『番傘1981・11』18頁）

人は自由に憧れるものであるが、現実にはいろいろな拘束がある。家族のこと、会社のこと、地域のこと。つながれた犬とそう違わない。

（一八八）　子を返せ返せと泣かす事故地蔵

八起

（『番傘1981・11』19頁）

子供の霊を慰めるために建てた地蔵であるが、お参りするたび親の私が「子を返せ返せ」と泣いている。

（一八九）　日当たりに出ると味方が減ってくる

環

（『番傘1981・11』　21頁）

下積みのころは、恵まれぬ同士味方が多かった。しかし、いったん日の当たるポストに乗ってみると、ひがまれ中傷され味方は減ってくる。

（一九〇）　それからの暮らしが寡婦の肩にある

深根

（『番傘1981・11』　21頁）

幼い子供とともに残された未亡人。今は悲しみにくれていればよい。しかし、現実はその肩にこれからの暮らしがかかっている。

（一九一）　逢いたさは死期が近づく兆しかも　泉都

（『番傘1981・11』　22頁）

近頃肉親や旧友たちのことがしきりに偲ばれ、逢っておきたいと思う。この世での残された時間が少なくなってきたという予感であろうか。

（一九二）　泣きにきたお墓で亡母にはげまされ　信子

（『番傘1981・11』　26頁）

辛いことがあって気分転換のためお墓参りにきた。手を合わせていると、亡くなった母に励まされているような気がする。

（一九三）　叱られた日も懐かしい形見分け　　一義

（『番傘１９８１・１１』３１頁）

父の葬儀も無事終わった。子供たちで形見分けすることになったが、今となっては父に叱られたことも懐かしい。

（一九四）　現実がこわくて医師に嘘を言う　　一義

（『番傘１９８１・１１』３５頁）

タバコは沢山吸っているし、酒も結構飲んでいる。そのくせ医師の前では宣告されるのが怖くて、嘘を言う。だらしないものだ。

（一九五）　やるだけはやったと言えぬ幕が切れ　　まもる

（『番傘1981・11』60頁）

そろそろ人生の幕が下りようとしているが、これまで存分にやったという満足感がない。悔いの多い人生である。

（一九六）　神の慈悲一寸先は教えない　　桑太朗

（『番傘1981・11』62頁）

もし明日死ぬとか大事故にあうとかが分かっていれば、人生じつに暗いことであろう。たしかに、人間知らぬが仏が多い。

（一九七）　死んでゆく人よりつらい死を看とる　　悠紀子

（『番傘１９８１・１１』　６２頁）

幼い子や老いた親を残して死ぬ、残念な死に方である。だから、そういう死を看取る方も辛くてしかたがない。

（一九八）　交差点青が短い松葉杖　　明

（『番傘１９８１・１１』　６２頁）

広い道を松葉杖をついた怪我人が渡っている。そろそろとしか歩けないのに、信号の青はもう終わろうとしている。

（一九九）　釣り竿をかついでえさを捨てにゆき　紫陽仙

（『番傘１９８１・１１』６３頁）

釣りの経験が浅いのであろうか、まだ大きな獲物を釣り上げたことがない。まるで餌を捨てに行っているようだ、と自嘲している。

（二〇〇）　ゲッツーを打ちにピンチに起用され　黒子

（『番傘１９８１・１１』６４頁）

一打逆転のチャンスに代打に指名された。しかし、結果はダブルプレーをくう最悪になってしまった。チームメイトに申し訳ない。俺はいつもこうだ。

（二〇一）　エリートが飛びこえてゆく僕の椅子

昭彦

（『番傘１９８１・１１』　６８頁）

自分は一段ずつ上がってゆくが、エリートは五、六段ごとに飛び越えてゆく。まるで空中を飛んでゆくようだ。

（二〇二）　当たる筈ないと買い足す宝くじ

知子

（『番傘１９８１・１１』　７２頁）

宝くじを十枚買うと、次の数字が当たりそうに思われてくる。そこで、有り金をはたいて次の五枚を買う。すると、また次の数字が当たるように思われてくる。きりがない。

（二〇三）　老人会相部屋みんな薬のむ　　宗次

（『番傘１９８１・１１』７２頁）

老人会の旅行である。食事が終わり部屋に戻ってきた。すると、同部屋の者が皆薬をとりだして飲み始めた。薬漬けである。

（二〇四）　無防備な背なから老いが忍び寄る　　酔月

（『番傘１９８１・１１』７２頁）

年取ってきて油断していると背なが丸くなってくる。気を張ってシャンとしておらねば、老いは背なから始まる。

（二〇五）　母に似た人へ手を貸す歩道橋

清子
（『番傘1981・11』 74頁）

母の面影を持っている人を町で見かける。その人が歩道橋を渡ろうとしているので、喜んで手を貸すことにする。

（二〇六）　色眼鏡かけて老残かくそうか

与志丸
（『番傘1981・11』 74頁）

寄る年波には勝てず顔に皺やしみができてきた。老残と言われないように、おしゃれメガネのサングラスでもかけよう。

（二〇七）　人生は孤独と決めた小さい旅

和友

（『番傘1981・11』74頁）

結局人間生まれるときもひとり、死ぬときもひとりである。そうと知れば、これからはひとり旅の準備をしておこう。

（二〇八）　後手の戸へ悲しみが込み上げる

福子

（『番傘1981・11』75頁）

別れを告げた人へ後ろ手でドアを閉める。どっと悲しみが突き上げてくるが、別れる決心は変えられない。

（二〇九）　灯を消して一人ぽっちが長すぎる

貴代子

（『番傘1981・11』76頁）

ひとり暮らしである。眠ろうとして灯を消すと、眠られぬ夜はとりわけ、ひとりぽっちが身に染みる。

（二一〇）　足で書くサリドマイドの子の笑顔

一声

（『番傘1981・11』76頁）

病気で手が不自由なので、サリドマイドの子は足で字や絵を書く。褒められたのであろう、その子がにっこりほほえんだ。けなげである。

（二一一）　亡父によく似た先生で好きになる　　誠子

（『番傘1981・11』76頁）

父は若くして亡くなった。その父によく似た先生に習っている娘は、先生が大好きなのである。

（二一二）　今ならば治っただろう子の法事　　曜子

（『番傘1981・11』76頁）

医学の進歩により今なら子の病気は治ったかもしれない。その子の法事をするたびそのことが残念でならない。

（二一三）　パチンコに勝って妻には言い負ける

可水

（『番傘１９８１・１１』　８０頁）

意気揚々と引き上げてきたのに、妻は不機嫌である。言い争いになったが、やっぱり妻には負けてしまう。妻はパチンコより手強い。

（二一四）　海向いて海に恨みのある墓石

まごし

（『番傘１９８２・５』　２頁）

漁村の墓は海に向いているという。海で死んだ者も多いであろうが、人々は海で生きてゆくしかない。

（二一五）　泣いている友へ泣くしかない電話

美千子

（『番傘1982・5』　3頁）

辛いことがあって電話の向こうで友が泣いている。慰めの言葉もなく、こちらも一緒に泣くしかない。

（二一六）　耐用年数そろそろガタが来た体

みどり

（『番傘1982・5』　6頁）

賞味期限も耐用年数も過ぎた身体である。いろんなところが故障しがちであるが、だましだまし使っていくしかない。

（二一七）　片減りの靴で働かねば食えず　　鳳石

（『番傘1982・5』　7頁）

歩き方に癖があるようで右足の靴底の減り方が著しい。しかし、そんなことは気にせず足で稼がねば生きていけない。

（二一八）　いいとこへ行ったか葬儀晴上がり　　つくも

（『番傘1982・5』　12頁）

葬儀は悲しいものであるが、梅雨の季節には珍しく晴れ上がった。きっと故人は天国へ招待されたのであろう。

（二一九）　番組をおりるときまり殺される

つくも

（『番傘1982・5』12頁）

スキャンダルかなにかで番組を降ろされることになった。すると、番組の中でも急に殺されて消えてしまう。

（二二〇）　悲しみも乗せて女の流し雛

信子

（『番傘1982・5』13頁）

流し雛は、わざわいや病気を流し去ると言われているが、女性の悲しみも積んで流れてくれるというのである。

（二二一）　人さまの情け気づかぬ狭い視野　　春子

（『番傘1982・5』13頁）

視野が狭くて自分のことしか考えない人が多い。そういう人は、人から受けた情けには気づかず勝手な行動をとる。私もそうだ。

（二二二）　樹の陰にかくれてのぞく生みの親　　泉都

（『番傘1982・5』16頁）

事情があって実の子と別れている。しかし、いつまでも我が子のことが忘れられなくて、木の陰にかくれてそっと見詰める。

（二二三）　生身ですあげれば切りのない故障

朋視子

（『番傘1982・5』　16頁）

年取ってきてあちこちにガタがきた。いちいち言っていたらキリがない。病気や痛みとうまくつきあっていくしかない。

（二二四）　犬の瞳の哀しさに逢う小ぬか雨

瑞こ

（『番傘1982・5』　19頁）

虐待をされているのか、捨てられたのか、小糠雨に犬が濡れている。散歩がわびしいものになってしまった。

（二二五）　恋封じられて女は病むばかり

瑞こ

（『番傘1982・5』19頁）

許されぬ恋に身を焼いたのであろう。その恋がバレて禁じられてしまった。失望のあまり、女は病気になる。

（二二六）　残された機能のなかの口達者

千枝

（『番傘1982・5』18頁）

目はかすみ耳も遠くなった。しかし、不思議と口だけは達者である。それがまた憎まれ口をたたくから始末にわるい。

（二二七）　この先の地球を思い老いてゆく

杏子

（『番傘1982・5』19頁）

自然破壊に温暖化に戦争にと、一体地球はこの後どうなるのであろう。自分は老いていくが、将来が心配でならない。

（二二八）　病院の待合室で老いてゆく

吾郎

（『番傘1982・5』20頁）

年取ってくると、あちこち悪くなり病院のはしごをすることになる。こうして待合室で時間をすごし、老いていくのかなあ。

（二二九）　あきらめるための試着をくりかえす　　貞夫

（『番傘１９８２・５』　２０頁）

いいなあと思って三、四着持って試着室に入り込む。しかし、どれもきつすぎて身体に合わない。スマートな服はもう着られなくなって悲しい。

（二三〇）　ぐうたらの父ぐうたらの子を案じ　　文子

（『番傘１９８２・５』　２１頁）

ぐうたらの父にぐうたらの子がいる。父は自分のことは棚に上げ、息子のことを心配する。親の情である。

（二三一）　故国に涙しただけで孤児帰る　　　　里人

（『番傘1982・5』　22頁）

中国から残留孤児が生みの親を探しに日本に来た。しかし、親にめぐり会うことができず、涙を流しただけで帰国した。気の毒を通り越す。

（二三二）　神様の目にはことしも無理な絵馬　　　　ひろし

（『番傘1982・5』　22頁）

受験生は希望に満ちて受験し、絵馬で祈願もした。しかし、公平な神様の目で見ると、今年も合格は無理と分かる。現実の厳しさ。

（二三三）　ありのままですシャッターの憎らしさ

花泉

（『番傘1982・5』24頁）

気持ちだけは若いつもりも、写真を見ると年がもろにでる。若い人と並んで写真に写ると、その現実を思い知る。正直なカメラが恨めしい。

（二三四）　目違いはお互いさまの夫婦です

一本杉

（『番傘1982・5』28頁）

「女を見る目がなかったなあ」と夫は言うが、私も男を見る目がなかった。お互いさまだから、諦めるしかない。

（二三五）　母はもう庇ってやれぬ立ちくらみ

登美子

（『番傘１９８２・５』　２９頁）

今までは子のため傘になり屋根になりして生きてきた。でももう駄目。立ちくらみがするようになって、先が短い気がする。

（二三六）　左遷地で故郷の太鼓鳴り止まず

棋三男

（『番傘１９８２・５』　３０頁）

左遷され古里から遠い地で暮らすことになった。しかし、空耳か、古里の太鼓の音がいつも耳に響いているような気がする。

（二三七）　ひたすらに捜す母国に母は亡し　　久美枝

（『番傘１９８２・５』３２頁）

残留孤児が日本を訪ね、祈るような気持ちで母を捜すが、徒労に終わった。母はもう亡くなってしまったのか。

（二三八）　親方は屋根に上がらぬ革の靴　　忠義

（『番傘１９８２・５』３３頁）

屋根に上がって作業するのは若い大工たちで、親方は革靴を履き指示をだすだけである。これでは若い者もついていけぬ。

（二三九）　妥協せねばならない腹が煮えかえる

晃長

（『番傘1982・5』34頁）

ここは信念を曲げ妥協しなければならないと思う。しかし、やはり自分が正しいという気持ちは消えず、その不甲斐なさに腹が立つ。

（二四〇）　親切にせよと人には言うくせに

桑月

（『番傘1982・5』37頁）

全然親切でない人にかぎって、そういうことをぬけぬけと言うものである。

（二四一）　百姓を継いではくれぬ鯉のぼり　　晩穂
（『番傘１９８２・５』　３８頁）

待望の男の子である。五月の空に鯉のぼりを泳がせ、この子の成長を祈っているけど、この子も大きくなると農業を継ぐのを嫌がるだろうなあ。

（二四二）　養育の恩義も孤児の背に重し　　史朗
（『番傘１９８２・５』　３９頁）

生みの親を捜しに日本に来たものの、幼い自分を育ててくれた中国の親への恩義は重く、捨て去ることはできない。

（二四三）　それなりの十字架負って歩く道

びん子

（『番傘１９８２・５』　３９頁）

人にはそれぞれ宿命というものがある。それを背負って人生という道を歩かざるをえない。少しでも楽しいものにする努力が必要ということであろう。

（二四四）　待つことに耐える女になっている

操

（『番傘１９８２・５』　３９頁）

大和撫子ははしたない真似はできない。じっと待つのが女の宿命と思っている。だからと言って、けっして弱くはない。

（二四五）　趣味で名を挙げて商売左前

左久良

（『番傘１９８２・５』　４０頁）

道楽がこうじて名をなすまでになってしまった。そのお陰で本職の方がおろそかになり、倒産寸前である。バランスが難しい。

（二四六）　病妻の指図で夫の市場籠

九紫

（『番傘１９８２・５』　４０頁）

妻が病気になり、やむをえず夫が家事に取り組んでいる。今日も今日とて、妻の指図でマーケットに買い物にでかけるのであった。

（二四七）コンピュータ情状酌量などはせず

利休

（『番傘1982・5』40頁）

コンピュータに感情はないから同情などはしてくれない。公平であるのはいい点であるが、何となく非人間的で冷たい。

（二四八）知らぬふりしてる社長を見損ない

たかし

（『番傘1982・5』40頁）

都合の悪い場面で、実は共犯者である社長が知らぬふりをして、社員に罪を押しつけた。これではついていけない。

（二四九）　握手して別れたはずがもう叛く
聡夢
（『番傘１９８２・５』　４８頁）

喧嘩別れしたのでなく握手して別れた。その手のぬくもりをまだ覚えているぐらいなのに、もう彼は敵対行為をとっている。わびしい。

（二五〇）　なぜ死んでくれたと人の居ない夜
碧水
（『番傘１９８２・５』　５２頁）

人前では虚勢を張っているが、ひとりになると「なぜ死んだんだ」と亡き妻に恨み言を言ってしまう。

（二五一）　生きてさえ居れば別れた子に出逢う

照子

（『番傘1982・5』78頁）

別れた子に逢いたいけど逢えない。辛いので、いっそ死んでしまおうと思ったこともあったが、思い直して生き続けることにした。生きてさえいれば、また逢える。

（二五二）　アルバムの亡母に会い度い日の孤独

清子

（『番傘1982・5』73頁）

友だちに裏切られた淋しさに古いアルバムを見ている。そこには、全霊をかけて子を愛してくれた亡母がいる。逢いたい。

（二五三）　母はいつ寝るのか朝のおみおつけ　　清子

（『番傘1982・5』　70頁）

夜最後の片づけをして寝たはずの母が、朝起きてみるとおみおつけを出してくれる。母は寝ないのか。

（二五四）　スープが冷めぬ距離という座敷牢　　葉

（『番傘1982・8』　3頁）

スープが冷めぬ距離の住まいが理想ということで、老夫婦は離れで暮らすことになった。しかし、何となく座敷牢のような感じである。

（二五五）　胃が痛む誰かが釘を打ってるな

省市

（『番傘1982・8』　3頁）

恨みを晴らすため藁人形に釘を打つという風俗を下敷きにしている。こうも胃が痛いのは、誰かに恨まれているのか。

（二五六）　溢れ出る涙で描いたくにの地図

いつ子

（『番傘1982・8』　4頁）

辛い境遇にあって、古里が恋しいのである。夜ひとりになると涙がとまらず、古里の地図が描けるくらいである。

（二五七）　涙にはだまされまいとして負ける
碧水
（『番傘1982・8』　8頁）

男は女の涙に弱い。二度とだまされまいと思うが、女に泣かれるとまた負けてしまう。

（二五八）　妻を子を泣かすドラマの馬券散る
白歩
（『番傘1982・8』　8頁）

一発当てて妻子にお金をやろうと思い馬券を買うが、結果は乏しい金さえ失ってしまうこととなった。情けない。

（二五九）　脇役も端役も回って来ないウツ　　　酔月

（『番傘1982・8』10頁）

主役は無理としても、せめて脇役にはなりたいものである。しかし、現実は脇役どころか端役さえ回ってこない。

（二六〇）　嫁がせた帰りの夫はのみなおし　　　慶太

（『番傘1982・8』11頁）

披露宴で沢山お酒がだされた。それなのに、花嫁の父は、式の帰りに飲み直さなければいられない。

（二六一）　暴走の果て若者の車椅子

登美子

（『番傘1982・8』　11頁）

若さゆえの無謀がたたって事故を引き起こし、怪我で車椅子の生活を余儀なくされるようになった。もう自由に走ることができない。

（二六二）　ブランコに別れたさびしさを揺れる

舞吉

（『番傘1982・8』　18頁）

ブランコに揺られているが、好きな人と別れてきた淋しさがつのるばかりである。

（二六三）　面白くおかしく人を刺す話　　博

（『番傘1982・8』21頁）

人生経験豊かな人とみえ露骨に非難はしない。面白おかしく皮肉をきかす。でも、これでやられた者はたまらないだろう。

（二六四）　悔いひとつ見ぬ振りをして通り過ぎ　　孤高

（『番傘1982・8』66頁）

困っている人がいたのに、見ぬ振りをして通り過ぎた。あのとき、どうして勇気をだして助けなかったのだ、と悔いが残る。

（二六五）　あの世へも端た銭では旅立てず　　勝子

（『番傘1982・8』67頁）

葬式をだすのになん百万円もする世の中になってきた。大金である。そんな大金はないから、死なずにおこう。

（二六六）　花の精足に血豆のバレリーナ　　多希子

（『番傘1982・8』76頁）

拙句に「水面下見ず羨やんでばかりいる」

（二六七）　幸せと悲しい嘘も書き添える

マキノ

（『番傘1982・8』127頁）

心配をかけないよう、自分の不幸な境遇を隠し、「幸せです」と嘘を書く。そんな嘘を書かねばならないのが悲しいのである。

（二六八）　妻子残して足重たかろ死出の旅

拳二

（『番傘1982・10』11頁）

まだ若くしての急逝である。親の目から見ても、息子は残念な死であったろうと、心が引き裂かれる。

（二六九）　笑うてる泣いてる遺児に泣かされる

たかみ

（『番傘1982・10』14頁）

いたいけな遺児が泣いていたら、周りの者は泣かされる。何も知らずに遺児が笑っていたら、周りの者はまた泣かされる。どっちみち哀れなのである。

（二七〇）　灯を消せば父に逢いたい母子家庭

清弘

（『番傘1982・10』29頁）

もう父のことは忘れようと決心した母子家庭である。でも、夜寝ようとして灯を消すと、父のことが思い出される。

（二七一）　亡き娘との対話へ数珠の役どころ　十三枝
（『番傘1982・10』31頁）

娘が亡くなって三年がたつ。娘の法事をいとなみ、数珠をくりながら娘と悲しい対話をする。

（二七二）　旅をする筈の老後を病み続け　湯北
（『番傘1982・10』67頁）

定年退職したら二人でのんびり旅をする予定であった。それなのに、そのときが来てみると、どちらかが病気にかかり旅行ができない。うまくいかないものである。

（二七三）　身ごもった頃に短所が見えてくる

捨三

（『番傘1982・10』73頁）

新婚のころはあばたもえくぼであった。子供がお腹にできるころには、相手の欠点が見えてくる。でもそれから別れようとしても、もう遅い。

（二七四）　騙されてあげる男にまだ逢えず

豊子

（『番傘1982・10』75頁）

好きな相手なら、嘘と分かっていても騙されてあげる。不幸なことは、騙されてあげたいような男にまだ逢えぬことである。

（二七五）　だまされてから読み直す契約書

浅雄

（『番傘１９８２・１０』９１頁）

契約書をよく読まずに買ってしまい、失敗してしまう。騙されたと分かって、契約書を読み直してももう遅い。

（二七六）　考えたあげくの策が裏とでる

清人

（『番傘１９８２・１０』９３頁）

よくよく考えて打ったつもりの策が凶とでた。こんなことなら、考えただけ損をした。あーあ、あほらし。

（二七七）　黙ってた男の背なが泣いていた　可染
（『番傘1987・6』22頁）

何も言わないので感受性の鈍い人かと軽蔑していたら、男は背なで泣いていた。泣ける話である。

（二七八）　こじつけの花道にして職追われ　木星
（『番傘1987・6』9頁）

本当は首を切りたかったのであろう。芝居じみた花道が用意され、退職せざるをえないようになった。

（二七九）　塩からい汗が目にしむ貧の底

千海

（『番傘1987・6』　66頁）

汗水流して働いても、貧しさから抜けられない。塩からい汗が涙と交じってぐちゃぐちゃである。

（二八〇）　喧嘩ばかりしたのに父が泣いている

乱

（『番傘1987・6』　86頁）

父と喧嘩ばかりしていた母が亡くなった。すると、最も悲しみ泣いたのは、父であった。夫婦の機微である。

（二八一）　つきがない男に似合う縄のれん

定雄

（『番傘1987・6』90頁）

四十になっても五十になっても縄のれんをくぐる。上役は料亭などで飲んでいる。ついてないのである。

（二八二）　晩年の手相と違うホームの灯

政子

（『番傘1987・6』99頁）

手相では、晩年は豊かで幸せに暮らすということであった。手相見の嘘つき。現実は、ホームでひとり淋しく暮らす日々である。

（二八三）　妻はタオル投げる潮時測ってる

耕人

（『番傘1987・6』104頁）

セコンドの妻は、戦う夫がダウン寸前であることを認めている。いつタオルを投げ入れようかと、タイミングをはかっているだけである。

（二八四）　おでん屋の辛子で涙紛らせる

マサ

（『番傘1987・6』108頁）

辛い日だった。おでん屋で飲んでいて涙がでてくるが、これは辛子のせいというふりをする。

（二八五）　待ちぼうけだんだん風が強くなる

心一

（『番傘1987・6』　109頁）

約束をしてい人は時間になっても現れない。その上だんだん風も強くなってきた。もう帰ろう。

（二八六）　遠まわりしたのに鬼が待っている

実世子

（『番傘1987・6』　110頁）

避けるつもりでわざわざ遠回りしたのに、その道に鬼が待っていた。悪運からのがれられない。

（二八七）　死に化粧悲し可愛く西へ発つ

純生

（『番傘1997・8』　3頁）

死んだ娘は最後の化粧をして貰い、生きているときのように可愛い顔になった。その顔で西方へ旅立つのか。

（二八八）　骨カラカラこんなに軽い人生か

節子

（『番傘1997・8』　5頁）

骨壺を持ったときの印象であろう。壺の中の骨がカラカラと鳴るようである。結局人生の果てはこんなものかと、わびしくなる。

（二八九）　ぼやくほど無いのに騒ぐ低金利

萬吉

（『番傘1997・8』　14頁）

実のところ貯金はあまりないので、金利がどうのこうの言う資格はない。しかし、私にも見栄があるので、「困ったもんだ」などと言う。

（二九〇）　紫陽花の咲く頃に会う筈だった

ミツコ

（『番傘1997・8』　15頁）

「来年紫陽花が咲くころまた会いましょうね」と約束していた。それなのに、あなたは急に亡くなってしまう。人生はかない。

（二九一）　手を貸した善意へ泥がはねかえる　　はつを

（『番傘1997・8』19頁）

拙句に「砂をかむ思い善意が恨まれる」がある。

（二九二）　騙されて笑う生き方だってある　　勇太

（『番傘1997・8』22頁）

まんまと騙されてしまった。自己嫌悪の苦笑いか、諦観のほほえみか。騙すより騙される方がいいと考える日本人は多い。

（二九三）　リハビリに不幸な人を見て励む

胡村

（『番傘1997・8』　28頁）

リハビリをしっかりしなければああなるぞ、と身動きできない不幸な人を見てから、真剣に取り組むようになる。

（二九四）　花束に海も悲しい色になる

一正

（『番傘1997・8』　32頁）

海の犠牲になった身内の霊を慰めるため、花束を現場にささげる。すると、海の色も悲しそうな顔になる。

（二九五）　拍手する役で招待状が来る　みのる

（『番傘1997・8』　37頁）

自分は主役ではないが、招待状がきた。きっとこれは、主役を引き立て盛り上げ役をせよということだな。

（二九六）　親に似た顔を整形すると言う　豊

（『番傘1997・8』　48頁）

父親似といわれている娘が整形をするという。たしかに自分はハンサムではないが、子どもから縁を切られるようで淋しい。

（二九七）　遺伝子が恨めしくなる妻の癌

清明

（『番傘１９９７・８』　５４頁）

妻の親族には癌で亡くなった者が多い。そして、今日妻の癌が発見された。遺伝子が恨めしい。

（二九八）　幸せという字が好きで病んでいる

五酔

（『番傘１９９７・８』　５５頁）

幼い時から幸福になりたいと祈り、「幸」という字が好きだった。なのに、もう病気にかかり、幸せとは縁がない。

（二九九）　あの子が時に逝った夫の顔になる

五十鈴
（『番傘1997・8』　59頁）

子供が成長してくると親に似てくる。息子がだんだん亡き夫に似てくる。夫に見守られているようだ。

（三〇〇）　悪友の弔辞結びはまた会おう

輝
（『番傘1997・8』　62頁）

死んでも友は見捨てはしない。「あの世でまた会おう」と呼び掛ける。

（三〇一）　聞こえない耳にイヤリングが光る　　孝
（『番傘1997・8』　77頁）

年取って耳が聞こえなくなったが、それでも私の耳である。イヤリングしてオシャレするのに役立ってくれる。

（三〇二）　傷ついたロボットがいる終電車　　夏生
（『番傘1997・8』　92頁）

上司の言うことには逆らえず、傷つくことが多い。終電車の時刻まで働き、疲れ果てて帰路につく。

（三〇三）　私も人間ですと言う大使

亜紀

大使たるもの第一に国益を考え、冷酷な判断をしなければならない。そんな中で、大使でも人情におぼれることがある。

（『番傘１９９７・８』　９２頁）

（三〇四）　商才の匂うお寺に寒くなる

かず子

物を売らんかなという感じのお寺がある。折角清々しい空気を求めて来ているのに、がっかりしてしまう。

（『番傘１９９７・８』　９２頁）

（三〇五）　この人に泣かされました墓洗う

郁子

（『番傘1997・8』　92頁）

ハンサムな夫だったのであろうか。それとも夢を追うタイプだったのであろうか。苦労させられたけど、憎んではいない。

（三〇六）　騙された美しい手にまだ懲りず

孝二郎

（『番傘1997・8』　92頁）

美しい人には弱い男である。前にも騙されたことがあるのに、また美しい手の娘に言い寄っている。見ていられない。

（三〇七）　骨までも愛した人と家裁出る　　高一
（『番傘１９９７・８』　９３頁）

心底好きで結婚した筈であるが、年月がたち離婚する羽目になった。今日も家庭裁判所の調停を受けている。

（三〇八）　ペアを着て乱の夫婦と悟らせず　　郁子
（『番傘１９９７・８』　９３頁）

夫婦仲に波風が立っている。しかし、外へ出るときには、そうとは悟られぬようペアルックなど着てみる。

（三〇九）　老いらくの恋親族の苦い顔　　健太

（『番傘1997・8』　95頁）

呆けないためには恋をするのがいいと言われる。しかし、それが現実となると、親族から反対を受けることが多い。

（三一〇）　逆縁へ百合の白さが悲しすぎ　　はつ子

（『番傘1997・8』　102頁）

子供の葬儀に立ち会う親ほど辛いものはない。柩の中の子供の顔を飾る百合の白さがいっそう悲しい。

（三一一）　痩せた手の握り返しが無くなった

伍

（『番傘１９９７・８』１０８頁）

病気の妻がだんだん痩せてゆく。この頃は手を握っても握り返す力が落ちて、そろそろ最後を覚悟しなければならない。

（三一二）　名も告げず去る親切が身にしみる

喜達

（『番傘２００８・４』９頁）

何がカッコイイと言って、名前を出さぬ善行に勝るものはない。私も一度はこれをやって泣かせてみたい。

（三一三）　目に見えぬ段差に老いを試される

健治

（『番傘２００８・４』　１１頁）

段差は実は有るのである。しかし、老人は目が悪くなっているのでそれが見えぬ。そして、足も弱くなっているので転ぶ。

（三一四）　喝采を浴びた天狗の花粉症

りゅうこ

（『番傘２００８・４』　１３頁）

思わぬ成果がでて喝采を浴び得意になり鼻が高い。しかし、その鼻に杉花粉が飛んできたからいけない。

（三一五）　遺された日記ねぎらい書いてある

れん子

（『番傘２００８・４』１４頁）

亡くなった夫が日記をつけていた。それを読んでいたら、口では言わなかった私へのねぎらいが書いてある。また泣けてくる。

（三一六）　失言を消す消しゴムはないんだよ

かず子

（『番傘２００８・４』１６頁）

いったん言ってしまうと、もう取り返しがつかない失言というものがある。発した声を無かったことにする消しゴムはできないものか。

（三一七）　一例にされた私の勇み足　　文生
（『番傘２００８・４』　２０頁）

名前は出されないが、失敗例は私である。悔しいし恥ずかしいがしかたがない。

（三一八）　あかぎれの季節に母の指思う　　有泉
（『番傘２００８・４』　２２頁）

冬がくると指にできたあかぎれが痛かゆい。そう言えば、お母さんの指にもあかぎれができていたわ、と亡母を思い出しジーンとくる。

（三一九）　犠牲者を出さねばつかぬ平和の灯

田圃

（『番傘2008・4』　30頁）

政治とはそういうものである。危険だと分かっていても犠牲者がでるまでは手を打ってくれない。

（三二〇）　独りでは淋しい人が人嫌い

富男

（『番傘2008・4』　38頁）

人嫌いのくせに孤独には耐えられない。人生、ほどほどということが案外難しい。困ったものである。

〔三二一〕　どの役も余人をもって代えられる

清晋

（『番傘２００８・４』　４５頁）

誰しも存在意義を認められたいと思っている。しかし、退職すると、自分がやっていたことがすべて後輩にすんなり受け継がれている。

〔三二二〕　遠目には若く見えてもスキー服

菊水

（『番傘２００８・４』　４９頁）

服装だけは派手にして老いを隠すようにしている。そのせいで、遠目には若々しく見える。しかし、近くに寄ってこられると……。

（三二三）　誰が看る介護の話みな黙る　　松石

（『番傘２００８・４』　５４頁）

親は献身的に子育てをし、そのお蔭でみな一人前になれた。しかし、親の介護が必要になると皆自分の都合を優先する。孝行の言葉が消えた。

（三二四）　死ぬ気などないからできる死ぬ話　　富貴子

（『番傘２００８・４』　５６頁）

死はまだまだ先のことだから、自分には関係ないと思っている人は多い。だから暢気に死ぬ話などできる。しかし、実は明日は我が身かもしれないという怖さがある。

（三二五）　鬼でも蛇でもいい傍にいてほしかった

ときを

（『番傘2008・4』57頁）

生きている間は口うるさくて嫌な女房だった。しかし、亡くなられてみると、淋しさがつのり女房が恋しい。

（三二六）　泣ききって空を見ている寒椿

美津枝

（『番傘2008・4』139頁）

本当に悲しいことがあって涙がとまらなかった。しかし、何日か泣き通すと、青空が見えてきた。やはり生きてゆくしかない。

（三二七）女からまだ憎まれたことがない　咲二
（『番傘２００８・４』１３６頁）

憎まれたことがないのは幸運である。でも、その前に憎まれるような仲にもなれなかったという不運がある。

（三二八）やがて僕もそっと手を貸す車椅子　すま子
（『番傘２００８・４』１５１頁）

車椅子の生活は明日の我が身かもしれない。そう思うと。段差で苦しんでいる車椅子の人を助けようという気にもなる。

（三二九）　独房に壁を叩いた跡がある　　眞

（『番傘２００８・４』　１４７頁）

人は犯した罪を悔やむものである。独房の壁には、犯した罪を悔いて囚人が叩いた跡があるというのである。

（三三〇）　友が逝くわたしの半身削ぐように　　恵似子

（『番傘２００８・１０』　７頁）

親しくしていた友が亡くなり呆然としている。まるで身体の半分を持っていかれたようだ。

（三三一）　教え子の初盆悲し元教師　　文絵

（『番傘2008・10』　9頁）

逆縁である。教え子に先立たれるのは教師として辛く切ない。どうしてもっと自分を大事にしてくれなかったんだ。

（三三二）　世辞言えぬおとこに続くいばら道　　句月

（『番傘2008・10』　11頁）

お世辞を言って出世する男がいる。ああいう男にはなりたくない、と出世に縁のない男がぼやく。

（三三三）　爺婆へ桃が流れてきてほしい　　幸子

（『番傘２００８・１０』　１１頁）

桃太郎が流れてきたら爺婆は張り切って頑張るであろう。しかし、現実は現代の老人には何もやることがなく生き甲斐がない。

（三三四）　耐えてきた分だけ夕陽美しい　　せつ

（『番傘２００８・１０』　１５頁）

まわりの人を幸せにするための忍耐の人生であった。その目的を達成して見る夕陽である。わがまま者の私には耳が痛い。

（三三五）　男はつらいよ後ろ姿が風の中

スミ

（『番傘2008・10』20頁）

男は弱音をはかない、自立しなくてはならない、女性を守らなければならない…。男はつらいから後ろ姿で泣くのである。

（三三六）　久し振り食べたビフテキ歯が痛み

耕一

（『番傘2008・10』21頁）

老人になると、油っぽいものよりあっさりした味が合うようになる。久しぶりにビフテキを食べることになったが、歯が痛くて噛みきれぬ。

（三三七）　点滴の中で思い出揺れている　　　　　　　　　　てふ
（『番傘２００８・１０』　２２頁）

点滴を受けている間は何もできないので、もの思いにふけることになるが、点滴の管と一緒に思い出も揺れているようだ。

（三三八）　三年忌遺影に詫びることばかり　　　　　　　　　　てい子
（『番傘２００８・１０』　２３頁）

もっとやさしくしてあげればよかった。好きなものをもっと食べさせてあげればよかった。残された者は悔いるばかりである。

（三三九）　出てこない名前にっこりしておこう

佐和子

（『番傘２００８・１０』　２４頁）

最近ど忘れをするようになった。顔を見ても名前が出てこない。しかたがないから、笑ってごまかそう。

（三四〇）　夢にまで母が糠床掻きまぜる

麗子

（『番傘２００８・１０』　２８頁）

脇役に徹し、働き者の母だった。その母が夢の中で糠床を掻き混ぜている。私ももっといい母にならなければ。

（三四一）　ついて来い言ったあなたは病床に

充

（『番傘２００８・１０』　２９頁）

プロポーズのときの言葉は「俺についてこい」だったのに、あなたの方が先に病気になった。病気まで真似したくない。

（三四二）　あと一歩で乗りそこなった玉の輿

栄子

（『番傘２００８・１０』　３９頁）

いつもあと一歩のところで幸運をのがしている。結婚するときもそうだった。夢は追い続けるからいいのかもしれない。

（三四三）　私でも希望の星であった頃

嘉子
（『番傘2008・10』　40頁）

遠い昔この私でもホープよ、希望の星よとおだてられたことがあった。近頃は誰も私をおだてないが、どういうことだろう。

（三四四）　この里も限界集落曼珠沙華

高子
（『番傘2008・10』　44頁）

曼珠沙華は真っ赤に咲いて派手さを誇っているが、この里に若者の声はない。過疎の波が押し寄せる山里は多い。

（三四五）　捨てられたアヒルの子にも意地はある

遊

（『番傘２００８・１０』　５１頁）

なんとしても捨てた親を見返してやらねばならない。白鳥になるのは無理としても、きっと幸せな家庭を築いてやるぞ。

（三四六）　吉報があなたの事故死後に届く

泉都

（『番傘２００８・１０』　５３頁）

せっかく吉報が届いたのに、その直前にあなたは交通事故で亡くなった。人生が空しく感じられる。

（三四七）　逆転を見せつけられたクラス会　　桂子

（『番傘２００８・１０』　５３頁）

勉強はあまりできなかったのに、実社会では堂々と活躍している男がいる。俺などはその点鳴かず飛ばずで影が薄い。

（三四八）　寝たきりが片手で拝み逝きました　　華代

（『番傘２００８・１０』　５４頁）

寝たきりになった姑の世話をしてきた。口もきけなくなった姑は片手で私を拝み感謝して亡くなった。悔いはない。

（三四九）　三割の田んぼが遊ぶ自給率　　　　吉凧

（『番傘２００８・１０』　５７頁）

食糧自給率が低いというので農政が批判されている。それなのに、実際は田圃の三割は休耕地だというのである。矛盾だらけだ。

（三五〇）　黒の服着てる女は泣いてない　　　　清明

（『番傘２００８・１０』　７６頁）

黒の服とは喪服のことであろう。喪服を着ているのは近い親族であろう。近い親族も泣いてくれない死とは何か。

（三五一）後輩の打球が頭上越えてゆく

よし一

（『番傘2008・10』79頁）

後輩の技能がどんどん伸びて遂に自分を越える時がくる。嬉しくはあるが、己が情けない気持ちである。

（三五二）涙ほどの利子とティッシュを一つくれ

三昌

（『番傘2008・10』82頁）

低金利時代で利子は雀の涙である。老後は利子で生活できるのを夢見ていたが、とても無理。元金が痩せてゆく。

（三五三）　度し難い私の中のもう一人　　修

（『番傘２００８・１０』　８３頁）

隠してはいるが私の中の五欲は相当粘り強い。ときどきそれが顔を出したがるので、困ってしまう。

（三五四）　子育ても終えさてこれからの金がない　　翠明

（『番傘２００８・１０』　８９頁）

子育てを終えたら、趣味や旅行をして人生を楽しもうと思っていた。ついにその時がきたが、気がつくと先立つものがなく何もできない。

（三五五）　流行語のように誰でもよかったと

和多留

（『番傘2008・10』　92頁）

ナイフ魔が事件後に「誰でもよかった」などと言う。それが伝播して次々に同じような事件が起きる。世の中狂っている。

（三五六）　一人住む母へメールも遠くなり

美智子

（『番傘2008・10』　93頁）

仕事や子供の世話にかまけて、ついつい母へメールするのを忘れてしまう。過疎の村にひとり住む母に申し訳ない。

（三五七）　やましさが枯れ尾花にも身構える

洋

（『番傘２００８・１０』　９７頁）

うしろめたいものだから、ちょっとしたことにもにビクビクしなければならない。そうしている自分に腹も立つ。

（三五八）　言い訳を考える時負けている

政子

（『番傘２００８・１０』　１０１頁）

言い訳をしなければならない場面は、状況がマイナスになった時であろう。したがって、言い訳をあれこれ考えること自体負けになっている。

（三五九）　八月の風は涙をつれてくる

久子
（『番傘2008・10』144頁）

八月は敗戦、原爆投下の季節である。肉親を失った人も多い。人々は八月と聞くだけで悲しくなるのである。

（三六〇）　涙目で握り返してくるベッド

八郎
（『番傘2008・10』148頁）

入院が長くなり気も弱ってくる。見舞いにくる人もめっきり少なくなった。久々に見舞いに行くと、涙を浮かべて手を握り返してくる。

（三六一）　だまし絵の数だけははを泣かせたな　　湖風

（『番傘2008・11』　9頁）

真剣になって心配してくれるのをいいことに母をだました経験を誰しもしている。母を泣かせて申し訳なかった、と皆後で思う。

（三六二）　晩酌にとってかわってくる薬　　義昭

（『番傘2008・11』　11頁）

禁酒を言い渡され、その代わりに薬を飲む羽目になってしまった。また元気になって、酒が飲める日がくるのだろうか。

（三六三）　けなされてなおセールスという笑顔　　都

（『番傘2008・11』12頁）

ちょっとけなされたぐらいで引き下がったのでは商売にならない。変なプライドは捨てて、ねばるのがセールスのポイントである。

（三六四）　感情にまかせて蹴った席を悔い　　晴子

（『番傘2008・11』25頁）

席を蹴って出てきたが、あれは失敗であった。一時の感情にかられ大事な商談を壊してしまい、悔いが残る。

（三六五）　口調から愛は冷めたと知る予感

定子

（『番傘２００８・１１』　３３頁）

未練を残してもさらに嫌われるだけである。あっさり身を引き、むしろ相手に未練を持たせる方がよい。そう思って何度失敗したことか。

（三六六）　遺言に逆らう華美な野辺送り

蓉子

（『番傘２００８・１１』　４１頁）

いろいろな事情があって、派手な葬式となったのであろう。しかし、故人はそれを喜んではいないと思われる。

（三六七）　見回せば年下ばかり秋祭り　　恵似子
（『番傘2008・11』　49頁）

いつまでも若い気で御神輿担ぎなどしている。しかし、ふと気付いて周りを見回すと皆自分より若い人ばかりである。時間がたつのは速い。

（三六八）　九分九厘できたセーター亡夫にかけ　　文子
（『番傘2008・11』　51頁）

もう少しで出来上がるのに、セーターの編み上がりを待たずに夫が逝ってしまった。でも、このセーターは夫のものだから、と夫にかけるしかない。

（三六九）　ふる里にわたしの町の名が消えた　和美

（『番傘２００８・１１』５１頁）

平成の大合併で多くの市町村の合併が行われた。その結果、伝統ある名が消えたものが多い。ふる里が消えたようで淋しい。

（三七〇）　松茸がとれた昔の山は荒れ　三枝

（『番傘２００８・１１』５２頁）

子供のころ松茸を探した松林が、このところすっかり荒れて禿げ山になっている。人間の都合で、どこまで自然破壊をすればいいのだろうか。

（三七一）　待つ人が無くて帰りを急がない

智恵子

（『番傘２００８・１１』　５２頁）

別に急いで帰らなくてもいいから催し物を十分楽しむことができる。それはいい点である。しかし、誰も待っていてくれぬという淋しい現実がある。

（三七二）　お金持ち嫌いと言って今苦労

登代子

（『番傘２００８・１１』　５３頁）

清く正しい人はお金にはこだわらないはずだから、お金持ちはうさんくさい。そんなことを信じたままだから、今貧しくて苦労している。

（三七三）　善人はいつも追われる夢を見る

浩人

（『番傘２００８・１１』　５７頁）

どんな体制になっても犠牲になるのは善人である。そこで、善人は「いつも」追われることになる。夢の中でも。

（三七四）　憎んでた親に献血申し出る

忠昭

（『番傘２００８・１１』　５７頁）

血の絆であろうか。それとも、年取ってきて、親の気持ちが分かるようになったのであろうか。

（三七五）　気がつけば胃癌封じの寺の前　　清之助

（『番傘２００８・１１』　５７頁）

肉親が癌におかされているのであろうか。藁にもすがりたい気持ちになっている。ふと気付くと、そこは胃癌封じの寺であった。

（三七六）　日本新出して笑顔の予選落ち　　玄冬

（『番傘２００８・１１』　８８頁）

オリンピックのレベルは高く、日本新を出しても決勝に残ることができなかった。しかし、本人は日本新を出したことに納得している。

（三七七）　退職を勧めるような転勤地

笑久慕

（『番傘２００８・１１』９４頁）

左遷である。しかも家族の事情で今は家を離れられない。これではまるで首切りではないか、と思えてくる。

（三七八）　父嫌う子が父になり父に似る

信柳

（『番傘２００８・１１』１３７頁）

皮肉な歴史の繰り返しである。本人は無意識にそうしているのだから、なおさら皮肉である。

（三七九）　これしきが飛べない老いの水たまり　　吾郎
（『番傘2008・11』140頁）

年取ってくると、気持ちと身体がバラバラになることが多い。暫くはその不合理と戦い、諦めの心境になってゆく。

（三八〇）　苦労した人程あまり口にせぬ　　京子
（『番傘2008・12』57頁）

もちろん人柄によると思われるが、黙っている人が物凄い実績や体験を持っていることがある。弱い犬ほどよく吠える、か。

（三八一）　プライドを守る演技が悲し過ぎ　　仁美
（『番傘２００８・１２』　５７頁）

落ち目である。もう実績は落ちているのにプライドだけは高いのである。その姿が哀れでもある。

（三八二）　苦そうにコーヒーを飲む待ちぼうけ　　かよ
（『番傘２００８・１２』　６０頁）

喫茶店で待ち合わせをした。しかし、相手がいっこうに現れない。飲んでいるコーヒーの味が苦くなった。

（三八三）何年も歌を忘れて生きてきた　美智子

（『番傘２００８・１２』７３頁）

このところ歌を歌いたいような明るい気持ちになれなかった。誰かが歌っているのを聞き、ふとそのことに気付く。

（三八四）こだわりを捨てた時から下り坂　陽一

（『番傘２００８・１２』１０１頁）

こだわりを持っていたのは自分にも勢いのある時であった。そのこだわりを捨てると、急に諦めの心境になってきた。

（三八五）　敵を知り己を知って諦める

玄冬
（『番傘2008・12』124頁）

「百戦危うからず」ではない。その前に敵がずっと強いことが分かれば、あっさり諦める方がよい。

（三八六）　母を恋い泣く子に父の子守歌

寿永
（『番傘2008・12』135頁）

母に捨てられたわが子が母を恋い泣いている。父として、申し訳なさに泣けてくる。

（三八七）　追いかける子の泣き声が背にささる　　等

（『番傘2008・12』145頁）

親として、すがる子を振り切って行くのは、身を切られるように辛い。薄情な親だと恨んでくれ。

（三八八）　親友と思い込んだは私だけ　　ミツコ

（『番傘2009・1』18頁）

思い合う深さが食い違うことはままある。こちらは一方的に深く思っていたのに、向こうは軽く考えていた。あーあ、詰まらない。

（三八九）　惚けてないと言い張る母が惚けている

きの江

（『番傘２００９・１』　４０頁）

酔っている奴にかぎって酔ってないと言い張るのに似ているが、こちらはいったん惚けたら元に戻らないのが辛い。

（三九〇）　クダにつながれ夜中の瞳さえわたる

ひさこ

（『番傘２００９・１』　８１頁）

悪名高い延命治療の句であろう。身体の自由はきかないが、瞳だけは冴えているというもので、ぞっとする光景である。

（三九一）　痩せてきた娘へ諭吉握らせる　　八郎
（『番傘２００９・１』　９１頁）

食べるものも食べていないのだろう。久しぶりに見る娘が痩せている。父も豊かではないが、そっと一万円札を渡してやる。

（三九二）　職退いて今はひとりの鍋奉行　　とき子
（『番傘２００９・１』　９９頁）

会社の宴会ではよく鍋奉行をつとめたものであった。会社をやめた今ひとりで鍋料理をつついてもわびしいだけである。

（三九三）　行く宛のない絵手紙を書いている　　司朗

（『番傘２００９・１』　９９頁）

趣味として絵手紙をやり始めた。しかし、書いても出す相手がいない。孤独感が伝わってくる。

（三九四）　傘持った母が居そうな駅のすみ　　宏枝

（『番傘２００９・１』　１１３頁）

母は随分前に亡くなっている。しかし、雨に日に駅に帰りつくと、傘を持った母が迎えにきてくれていそうな気がする。

（三九五）　ただいまと帰るがしかし一人部屋　　久信

（『番傘2009・1』114頁）

我が国では最近ひとり暮らしの人が増えた。この句が、つれあいを失った老人の作だとしたら、何ともわびしい。

（三九六）　足でなく手を引っ張ってくれないか　　盛隆

（『番傘2009・1』115頁）

足を引っ張って引きずり降ろすのでなく、手を引っ張って助けてほしいという、手と足を巧みに対照させた句である。

（三九七）　抱きしめてやりたい飢えた子の瞳　　哲子

（『番傘2009・1』　114頁）

飽食の国日本で飢えた子を見掛けることはなくなった。しかし、アフリカなど途上国ではそんな子を報道などでよく見掛ける。先進国の人間として何かしたい。

（三九八）　ゆっくりと癌が進んで行く地球　　紋章

（『番傘2009・1』　120頁）

地球は人間だけのものではない。しかるに、人間が地球に致命傷を与え続けている。愚かのことである。

（三九九）　父親は怖いものから外される

つとむ

（『番傘２００９・１』　１２１頁）

昔は父親は地震、雷、火事同様に怖い存在であったそうな。しかし、今やお父さんはぐっと優しくなり、全然威厳がなくなった。情けない。

（四〇〇）　辛抱のかたちに積もる雪の白

新一

（『番傘２００９・１』　１３５頁）

雪国に住む人たちは、交通の不便や雪の寒さに耐えてきたので、辛抱強い。積もる雪の量が人々の辛抱強さを示しているようだ。

参考文献

大木俊秀『俊秀流川柳入門』家の光協会　一九九一年
太田垣正義『川柳しよう』開文社　二〇〇三年
近江砂人『川柳の作り方』明治書院　一九八二年
奥田白虎（編）『川柳歳時記』創元社　一九八三年
神田忙人『川柳の作り方味わいかた』社会保険出版社　一九八二年
斎藤大雄『川柳入門はじめのはじめのまたはじめ』新葉館出版　二〇〇四年
佐藤美文『川柳文学史』新葉館出版　二〇〇四年
全日本川柳協会（編）『川柳入門事典』葉文館　一九九九年
田口麦彦『川柳技法入門』飯塚書店　一九九四年
田口麦彦（編著）『現代川柳鑑賞事典』三省堂　二〇〇四年
野谷竹路『川柳の作り方』成美堂出版　一九九二年
林富士馬『川柳のたのしみ』平凡社　一九九三年
番傘川柳本社（編）『番傘川柳一万句集』創元社　一九六三年
番傘川柳本社（編）『新番傘川柳一万句集』創元社　二〇〇三年

番傘川柳本社（編）『川柳の作り方・味わいかた』　創元社　二〇〇三年
復本一郎『知的に楽しむ川柳』　東京書院　二〇〇一年
尾藤三柳『川柳作句教室　入門から応用まで』　雄山閣　一九八四年
森紫苑荘『あなたも作れる楽しい川柳』　愛媛新聞社　一九九三年
月刊『番傘』　番傘川柳本社

著者紹介

太田垣柳月（本名　正義）

1943 年 鳥取県生まれ
番傘川柳本社同人、松茂飛翔川柳会会長（徳島県）、鳴門教育大学教授
著書に『川柳しよう』、『現代川柳研究・構造』、『川柳句集　人生笑って泣いて』、『英語の語源Ⅰ』、『英語の語源Ⅱ』、『落ちこぼれのない英語教育』などがある。

泣ける川柳　（検印廃止）

2009 年 3 月 25 日　初版発行

編著者　太田垣柳月
発行者　安居洋一
印刷・製本　モリモト印刷

〒 160-0002　東京都新宿区坂町 26
発行所　開文社出版株式会社
TEL 03-3358-6288・FAX 03-3358-6287
www.kaibunsha.co.jp

ISBN 978-4-87571-871-0　C0092